青春という名の丘に来て

矢﨑 俊二

東京図書出版

まえがき

ほのかな優しさに出会うこと
きらめく知性に出会うこと
美しい感性に出会うこと
凛とした志《こころざし》に出会うこと
見知らぬ生きる姿に出会うこと

人のめぐり会いには　いろいろな驚きと感動が溢れている
人の数だけ様々な笑顔があり　様々な哀しみと痛みがあり
気持ちの数だけ響き合う言葉がある
人とのめぐり会いは　とても不思議なもの

それは

花や虫や鳥や星たちとの出会いでも同じ
知り合うことで新しい心が生まれ
悠久の時の流れの一瞬に
こうして出会えた奇跡と嬉しさ

それは言葉となり
詩がこの世界に顔を出す

青春という名の丘に来て◇目次

青春という名の丘に来て

幾多の若者が来て　また去っていった
その一人一人の顔が　この丘に刻まれている

幾多の若者が来て
それぞれにため息をついて
　また去っていった

幾多の若者が来て
嘆き　つぶやき　涙を落とし
　また去っていった

幾多の若者が来て
怒り　憂い　叫んでは
また去っていった

幾多の若者が来て
喜び　踊り　笑いあって
また去っていった

幾多の若者が来て
思い　考え　悩み
また去っていった

幾多の若者が来て
戦い　突撃し　殺されて
また去っていった

幾多の若者が来て
耕し　種を蒔き　作物を取り入れて
　また去っていった
幾多の若者が来て　また去っていった
幾多の若者が来て　また遥かに見渡している

青春！
青春！
この丘に
今　私も立っている

凛として生きる

空の青
森の緑に
染まず佇《たたず》む

青春という名の丘に来て

凛として生きる　2

既に落葉して日日《ひにち》も経ち
朽ち果てようとくすんだ暗い色の紅葉の枯葉の塊

ふと気づくと
そこに
1枚　明るい色鮮やかさを残す
一回り大きな赤い葉　が目に入った

おや？
君はどこから来たの？

ここの仲間とは違うね
昨夜の冬の嵐が
ここまで運んで来たのかな？

ただ一人で
手のひらをせいいっぱい広げたような力を出し切って
こうして　ここまで生きてきたのだと
声はないが
私にそう話しに来たんだね

前へ

この並木道のトンネルの先に
私を待っているものがある

そんな気がして
しばし佇み
周りを見渡して
思いをめぐらす

想いにふけるあいだに
誰かがだまって前へ走り抜けていく

さあ　私もまた出発しよう
求めるものは
まだ先にある

青春という名の丘に来て

窓の外は雨

台風が近づいているためだろうか
窓の外は雨
幾筋もの雨が　音もなく　私の心の中にも降っていることを知る
なぜだろう
それは　きっと

生きてきたから
生きているから

虹の橋に乗ってみたい

雨上がりのくもり空に大きな虹の橋がかかっていた

虹はいつ見ても心がはずむ
素直に美しいと思う

あの虹の橋にちょこっと乗ってみたいのだが
その思いだけに留めて　静かに眺めていようと思う

この輝く色彩の帯は
誰の数式が織りなして描いたのだろう

青春という名の丘に来て

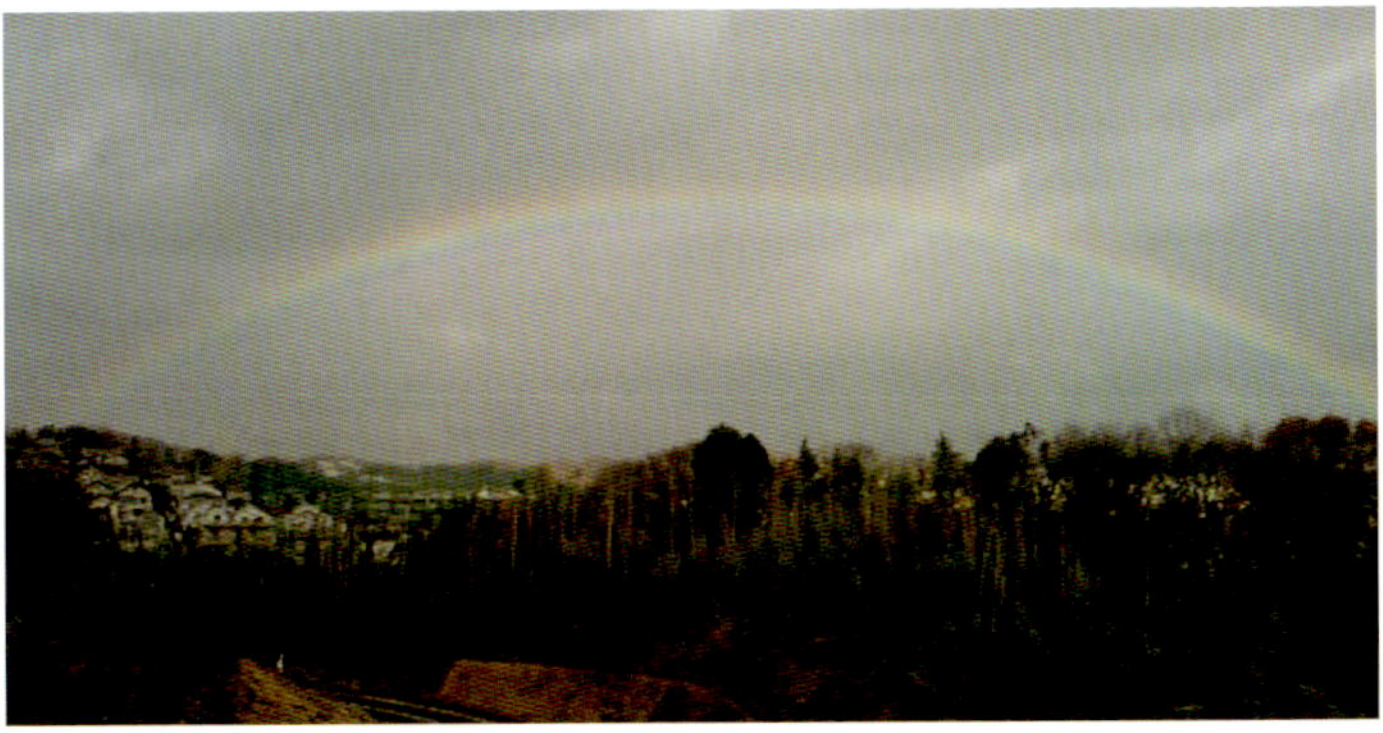

青空

青空
澄み切った空間
光に満ち
生気が満ち
ただ　清らかなる青空

青空
そのように
　明るく　清く　果てしなく広やかに
私達も澄んでいよう……

さわやかに
やわらかに
光渦巻く
魂となろう

緑の木々　青い空　そして白い雲

仕事の合間の一休みの時間
ちょっと気分転換しようと　ガラス窓を開けて
向こうの空を見上げる

緑の木々
その上に広がる青い空
そして　静かに浮かんでいる白い雲
何も考えずにゆっくりと見廻した

いいなあ　この景色

美しい世界だ
高く澄み渡る空の中から
ルイ・アームストロングのあの歌声が聞こえてくる気がした
"What a Wonderful World"

この青空に延びるか弱い枝には

今日は12月25日
今年もあと6日で終わる

暦は人間が便宜的に作ったもので
自然界に存在するものではないが
それでも　年の瀬は格別の思いが湧いてくる

この1年　どう過ごしてきたか
私の何がどう変わったのか？

この青空に延びる枯れ木のようなか弱い枝には
よくみると　もう小さな葉の芽がいくつもいくつも出てきている

これから訪れる冷たく厳しい冬に備え
その先に来る再び暖かい春の光と熱を迎えるために
こうして　人知れず寡黙に準備していることを知る

もうすぐ師走
そしてまた　新しい暦が時を刻み始めるだろう

私もまた　思いを新たに新年を迎えよう

渡り鳥

北国と
南国に住む者とを結ぶように
渡り鳥が飛ぶ

冬を越す鳩たちに

君たちはこうして寄り添って
冷たく厳しい冬を越そうとしているんだね

家族どうしなのか
友だちどうしなのか
あるいは　見知らぬどうしなのか
私にはわからないが

この冬を越え
暖かい春の日差しを

みんなで浴びられる日が来ることを
願っているよ

さあ　もうすぐクリスマス

仕事の帰り道
あちら　こちら　の　家の窓や屋根に
赤や　青や　緑や　黄色や　紫の　光の飾りが目立ち始めた
そう
もうすぐクリスマス

クリスチャンじゃないから　我が家ではクリスマスはしない
と父が言って
子どもの頃からクリスマスのかけらもない冬だったが
ある年　母はさすがに子供が不憫に思ったのか

父に内緒で小さいクリスマスツリーの置物とケーキを買ってきて
こっそりクリスマス気分を味わった　思い出が1つある
　嬉しかった

「太郎を眠らせ、太郎の屋根に雪ふりつむ
次郎を眠らせ、次郎の屋根に雪ふりつむ」
そんな三好達治の詩のように

あの人の家にも　この人の家にも
富める者の家にも　貧しい者の家にも
この1年を　楽しく過ごせた人の家にも　辛く過ごした人の家にも
誰の家にも　クリスマスの夜は　やってくる

クリスマスの由来も意義も　もう問うまい

そう
もうすぐクリスマス

そして　忘れてはなるまい
この1年
遠い地では　戦争の嵐もあり　まだ吹き荒れている
多くの涙が　どれだけ流されたことか

そんな地にいる人たちにも
この夜は　安らかな笑顔が満ちますように

そう
もうすぐクリスマス
誰もが楽しい日でありますように

（三好達治「雪」より）

冬の黄昏

冬の黄昏は寂しい
まして　こんな雨の黄昏は

でも
ゆっくりと行き交う車たちのライトは
温かく　私の心の中も照らしている

青春という名の丘に来て

この世界の中で生きる位置

78歳なのに年は115歳と言う
今は6月なのに季節は秋だとも

あなたの見ているこの世界と
私が見ているこの世界に
何か違いがあるのか？　何の違いもないのか？

そう思いながら
ため息を隠す

個の調べ　―個としての明確なる独立―

私の心の奥深くに　たぶん
一筋に奏でられている曲がある
誰も知らない旋律がある

その個の調べに触れたくて
幾度にも歩みを止める

時の矢（Time's arrow）

時の矢は
休むことを知らない

ただ　真っ直ぐに進むのみ
昨日から今日へ　今日から明日へ　明日から明後日へ

音もなく
誰に見られることもなく

人はただ　呆然とその矢の流れるのを見つめるのみか

はたまた流れに逆らうも　流されるのみか
いざ　流れに乗って素直に従うべきか

時の魔術師

今夜は　特別に冷える寒気がこの地を覆っている
とにかく冷える

あわてずに
心を鎮めて時の動くのを待とう

時が経ち
時が過ぎて

凍てついた景色も

変わっていくだろう

時間と空間の織りなすささやき

ここには
しなやかな青い葉が日ごとに増えて空をも覆おうとしていた
そして　いつの間にか
真夏の日の光さえさえぎるほどの緑の葉があふれていた
やがて　静かに音もなく
葉は黄色の海となって風に吹かれていた
今日　久しぶりに　ここを通ると

無数の枝が葉を落として
空は繊細な切り絵のシルエットの向こうに佇んでいる

この時間と空間の織りなす姿が　私の足を止める
ここにあるのは何か？　とささやきながら

再び　私の時間と空間の軸を探して

山の紅葉の美しさに心を打たれていたばかりなのに
仕事を終えた夜道に降り注ぐ冴えた星々にふと気づいて
また別の感慨に心打たれる頃となった

幾度　時の流れの姿の前に　人は心をとめるのだろう
無限宇宙の久遠の中で　人はどこにいて　どこへ行くのだろう

悠久の宇宙の深さを見つめていると
いつのまにか
自分の心の底を見つめている自分に気がつく

物理学的な時間と空間の軸の中にいる
この私自身の時間と空間の軸は
どこから始まり　どこまで延びていたのだろうか……

夜の静寂の中で

今日の残りの仕事を終えて
この夜の静寂の中で
一人　目を開け　向こうに在る闇を見る
この闇はどこまで続いているのだろう？
そして　どこから光に変わっていくのだろう？

忍び寄る安らかな心が
そんな思いも溶かしていく

さあ　もう眠ろう

また　明日が来る

知の灯《あか》り

空には鷹
山には熊
草原にはライオン
海にはサメ

強い　どれも
圧倒的な力で獲物をねじ伏せる

だが
人間にはそれにまさる叡智がある

絶やすまい
この灯りを

この長い時間

ここに来て
一つ
また　一つ
姿を現してくる
待っていて良かった
この耐え難い長い時間

潮は満ちる

誠意を尽くして
なすべきことを行い
時の経つのを待っていれば
やがて
私の思いの中に
静かに
温かい潮が満ちてくる

そんなことを
ふと感じた

そう
このままで行こう

風にそよぐ

見えないものに押されて
しなやかに受け止めている

なぜ押すのか
問うことはなく
そよいでいる

やがて
押すものは消え
元の姿に戻るのだろう

青春という名の丘に来て

ハーモニカを吹く少年　（S療育園を訪ねた日）

ハーモニカを吹きながら
からだを揺すっていた

何歩か歩くと　ものにつきあたり
そのまま　からだの向きも変えず
後ずさりしながら　ハーモニカを吹いていた

曲にならぬ音を出しながら
少年は　行ったり戻ったり

小さな音だった
やっと出ているような音だった

ハーモニカの音色の中で
少年の一日が終わる
誰と話すことも
あらそうこともなく

ぬくもり　（S療育園を訪ねた日）

よだれをたらしてドタドタと走ってきた
僕はそっとからだを硬くして　身をひいた
友だちの顔を　奇妙な笑顔でのぞき込み
僕のところへ寄ってくる

!

僕の手をふいに握る

その手の優しいこと！

僕は思わず急いで手を離し
作り笑いをしながら　その子から離れた
嬉しそうに追ってくる姿を払うように
足に力をこめた

残された　手のぬくもりが
遠い世界から来た使いのように
僕の心に話しかける

大事な話を伝えるように

さよならに息が止まる

「さよならだけが人生ならば
人生なんていりません」

そんな詩人の言葉に
じっとうなずく

さよならだけが人生ならば
さよならだけの人生ならば

さよならの言葉を告げて

さよならの言葉も告げずに
また　さよならの手を振る
さよならの手を振る

でも何故
さよならに涙し
さよならに震えながら
今日があるのか

（寺山修二「さよならだけが人生ならば」より）

嬉しいこと

私が誰かを必要としているように
誰かが私のことを必要としている
私が誰かに会いたいと願っているように
誰かが私に会いたいと願っている

ここに私が生きている
そのことが
誰かの生きる力になっているなら嬉しい

人生の香料

誰かと話をしていて
誰かの話を聞いていて

怒りや
憤りや
相手を傷つけるような
そんな雰囲気の話になったら

心を鎮め
落ち着いて

お互いの心を
ほぐし
穏やかにし
くつろがせ
冷静に考えるゆとりをもたせ
凍った雰囲気を溶かすような
そんな香ばしい言葉を話したい

穏やかに生きる

穏やかに生きる

穏やかに生きたい

穏やかに笑顔を交わし
穏やかに話をして
穏やかに人の話を聞き
穏やかに仕事をこなし
穏やかに食事をして
穏やかに好きな趣味を楽しみ

穏やかにくつろぎ
穏やかに一日の自分を振り返り
穏やかに眠りにつきたい

そんな自分でありたい

山に登る道

山に登る道はいろいろある
登りやすい道を登ればいい

一筋の道も
曲がりくねった道も
それを歩く人には
かけがえのない道だ

どんな道を進もうと
目指す頂《いただき》を持つ限り

いつか　そこへ
登り着くだろう
一つの頂に登れば
また　道は続く

遙かなる明日《あした》へ

遙かなる友へ
喜びの中で微笑みを投げよう
私の思いが遙かに届くだろうか？
君の幸せが私を微笑ませたのだから
私の微笑みも君に届けよう

遙かなる友へ
孤独の中で涙を投げよう
この思いが遙かに届くだろうか？
君の苦しみが私を悲しませたのだから

私の涙も君に届けよう

遙かなる友へ
君に向かって私を投げよう
私のすべてが遙かに届くだろうか？
君のすべてが私を生かしているのだから
私のすべても君に届けよう

遙かなる友よ！
明日に向かって僕らを投げよう
僕らのすべてが遙かに届かずとも！
明日の息吹が僕らを輝かそうとしているのだから
遙かなる明日へ僕らのすべてを届けよう
僕らのすべてを

あとがき

いつの間にか春は素知らぬ顔をしてやって来ている。時《とき》はこうしてすべてのものごとをこっそりと新しくしていくのだろう。私もまた、自分の中の行き交う旅人たちを見つめ直してみようと思い、古い書き物などを久しぶりに開いてみた。そして、大学生の頃から今日に至るまで、長い年月を経て折に触れて書き溜めてきた詩が溜まってきたことに気がつき、一度整理してみたところ、一冊の詩集にまとめて残しておきたいと思った。あの若い日々の溢れるような情感と瑞々しい感性が、これからも続くようにと。

端的に、厳正に、必要にして最小の言葉をもって切り取るように表現される詩が私の思いの底から生まれてくることを、いつも願っている。

このたび、東京図書出版から本書を出版していただく機会をいただき、同社のスタッフの皆様に心から感謝申し上げます。

（文中の写真は著者撮影。表紙カバーの絵は著者15歳の時に描いた『友人A』）

2017年4月　東京にて

矢崎俊二

矢﨑　俊二（やさき　しゅんじ）

1951年、信州の山奥の村に生まれる。大学医学部卒業、同大学院（医学博士課程）修了。医学博士。米国留学、大学医学部准教授を経て、現在神奈川県の病院に勤務。大学医学部講師と医療大学非常勤講師を兼務。東京都在住。著書にエッセイ『FOREVER AND A DAY』（東京図書出版）がある。

青春という名の丘に来て

2017年8月15日　初版第1刷発行

著　者　矢﨑俊二
発行者　中田典昭
発行所　東京図書出版
発売元　株式会社 リフレ出版
〒113-0021　東京都文京区本駒込 3-10-4
電話（03）3823-9171　FAX 0120-41-8080
印　刷　株式会社 ブレイン

ISBN978-4-86641-074-6 C0092
Printed in Japan 2017
日本音楽著作権協会（出）許諾第1705648-701号
落丁・乱丁はお取替えいたします。

ご意見、ご感想をお寄せ下さい。

［宛先］〒113-0021　東京都文京区本駒込 3-10-4
東京図書出版